바른 인성 **존중**하는 마음

내가 먼저
사고과할게요

바른 인성 존중하는 마음

내가 먼저 사과할게요

초판 7쇄 발행 2022년 7월 20일

글 홍종의   그림 김중석   기획 · 편집 가수북
펴낸이 김도연   펴낸곳 키위북스
편집장 김태연   마케팅 김동호   꾸민곳 디자인 su:
주소 경기도 고양시 일산동구 중앙로 1079, 522호
전화 031-976-8235   팩스 0505-976-8234
전자우편 kiwibooks7@gmail.com
출판등록 2010년 2월 8일 제2010-000016호

© 홍종의 · 김중석, 2016

ISBN 979-11-85173-22-1 14300
       978-89-964831-5-1 (세트)

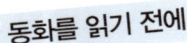

우리 친구 할래요?

나는 나이가 엄청 많아요. 아마 여러분보다 여섯 배는 더 많을걸요? 어떤 친구는 벌써 머릿속으로 내 나이를 계산하고 있을 거예요. 부탁인데, 제발 그러지 마세요. 여러분과 친구가 되고 싶으니까요. 그러려면 나이를 가늠하는 것도, 생김새를 상상하는 것도 안 돼요. 내가 쓴 이 이야기에 나오는 친구들 마음만 생각하자고요. 그래야 우리는 친구가 될 수 있어요.

실제로 나는 여러분 또래의 친구가 있어요. 아주 친하답니다. 이름은 예은이에요. 그래서 이 이야기 속 주인공 이름을 예은이로 지었지요.

예은이와 내가 친한 친구가 될 수 있었던 것은 바로 서로를 존중해 주었기 때문이에요. 나는 예은이를 어린 꼬마라고 얕보지 않았어요. 예은이도 나를 나이 많은 어른이라고 거북해 하지 않았어요. 그래서 서로 마음을 활짝 열고 진짜 친구가 될 수 있었지요. 서로에 대한 존중은 이렇게 사람과 사람 사이를 좁혀 준답니다. 반대로 서로 존중하지 않으면 사이는 더 멀어지기만 하지요.

내가 친구 되는 법을 알려 줬으니, 나랑 친구 할래요? 책장을 넘겨 보세요. 존중에 관한 재밌는 이야기도 들려줄게요. 어때요?

홍종의

주인집 할아버지가 달라졌어요

 "우리 예은이가 벌써 학교에 다녀오는 모양
이구나. 착하기도 해라."

주인집 할아버지가 달라졌어요. 갑자기 무척 친절해졌어요.
헤어질 때가 되니까 잘못을 깨달았나 보지요? 칫! 미안하기도
할 거예요. 그동안 나한테 얼마나 못되게 굴었다고요.

'집 안에서 쿵쾅거리며 뛰지 마라!'

뛰긴요? 발꿈치를 들고 살살 걸었거든요. 할아버지는 2층, 우
리는 1층에 살잖아요. 2층 소리가 1층에 더 크게 들리는데 웬
잔소리래요?

뿌웅~ 뿌웅!

집 안에 있으면, 내 발소리보다 할아버지 대포 방귀 소리가 훨씬 더 크게 들린다고요.

'신발 끌고 다니지 마라, 먼지 난다!'

그러면 마당에 잔디를 심던가 해야지요. 흙으로 된 마당이니까 당연히 먼지가 날리는 것 아닌가요? 이 정도는 그나마 괜찮아요. 혼잣소리지만 중얼중얼 말대꾸라도 할 수 있으니까요.

'대문 좀 살살 닫아라, 부서진다!'

하지만 어쩔 때는 이렇게 정말 말이 안 나올 정도로 억지를
부리기도 했어요. 부서지긴요. 대문이 무슨 뻥튀기로 만들었나
요? 안 그래요?

"아이고, 예은이가 이사 가면 서운해서 어쩌나. 이 할아버지
가 우리 예은이를 얼마나 좋아하는데."

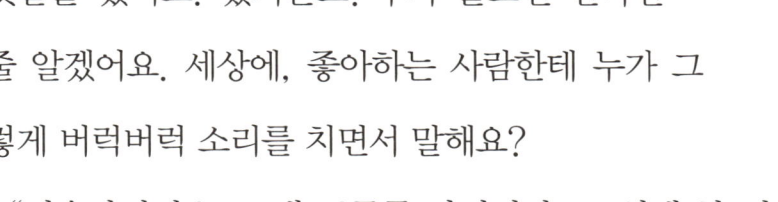

　주인집 할아버지가 입술에 침도 안 바르고 거짓말을 했어요. 됐거든요! 누가 들으면 진짜인 줄 알겠어요. 세상에, 좋아하는 사람한테 누가 그렇게 버럭버럭 소리를 치면서 말해요?

　"서운하시긴요. 교대 근무를 하시더라도 3일에 한 번씩은 볼 수 있을 텐데요. 그동안 정말 감사했어요."

　엄마가 이렇게 말하며 주인집 할아버지의 손을 꼭 잡았어요. 그런데 교대 근무는 뭐고, 3일에 한 번씩은 무슨 소리지요?

　"예은아, 할아버지께서 새로 이사 갈 우리 아파트 경비실에서 근무하실 거야."

　삐잉~, 머릿속에서 울리는 소리예요. 너무 놀라서 어지러울 지경이었어요. 머릿속에서 빨간 경고등도 켜지는 것 같았어요.

　"예은이 너도 좋지? 좋지? 좋지?"

　엄마가 자꾸 물었어요. 싫다고 하면 화라도 낼 것 같았어요.

　"으, 으으응!"

　어쩔 수 없이 이렇게 대답하고 말았어요.

　"어허허허! 허허허!"

주인집 할아버지가 너털웃음을 웃었어요.

"돈을 벌려고 경비 일을 하겠다는 것이 아니라 허험!"

주인집 할아버지가 헛기침을 했어요.

"사람은 늙을수록 자꾸 몸을 움직여 줘야 되는 것이지, 허험!"

그래서 나를 그렇게 쫓아다니며 못살게 굴었나요? 집이 낡아서 우리가 살던 집의 세가 안 나갔다는 것 다 알아요. 우리에게 돌려줄 전세금을 아들이 다 가져다 썼다는 것도 알아요. 그래서 은행에서 돈을 빌렸다는 것도요. 엄마와 주인집 할머니가 하는 소리를 다 들었다고요.

"맞는 말씀이에요. 예은이도 할아버지를 계속 볼 수 있으니 좋고요."

엄마가 내 팔뚝을 툭툭 쳤어요. 주인집 할아버지에게 무슨 말이라도 하라는 것이겠지요. 나는 요리조리 몸을 움직여 엄마의 손을 피했어요. 그런데 하필 왼쪽 발이 마당에 툭 튀어나온 돌부리에 제대로 걸린 거예요.

"으악!"

나는 비명을 지르며 그대로 땅바닥에 나뒹굴었어요.

“아이고오, 이걸 어쩐대?”

제일 먼저 뛰어온 사람은 주인집 할아버지도 엄마도 아니었
어요. 대문을 들어서던 주인집 할머니였어요.

“이 영감아, 애가 넘어지려고 하면 냉큼 받아 줄 것이지. 저렇게 굼떠서 경비 일이나 제대로 하겠어?"

주인집 할머니가 주인집 할아버지에게 소리를 쳤어요.

"아니, 이 할멈이……."

주인집 할아버지가 슬금슬금 뒷걸음질을 쳤어요. 그러더니 도망치듯 슬쩍 대문 밖으로 나갔어요.

"에이그으, 쯧쯧쯧!"

주인집 할머니가 그런 주인집 할아버지를 보며 혀를 찼어요.

"으아앙!"

그제야 나는 울음이 터졌어요.

"다치지도 않았는데 왜 울어? 어서 뚝 그치고 옷에 묻은 흙이나 털어."

엄마 나빠요. 모든 원인은 엄마가 만든 거잖아요. 내가 우는 것은 아파서 우는 것이 아니라 억울해서 우는 거라고요.

"예은 엄마, 저 영감 경비 일을 잘할 수 있으려나 몰라. 소개를 해 준 예은 엄마가 곤란하지 않아야 될 텐데."

주인집 할머니가 걱정을 했어요.

"걱정 마세요. 잘하실 거예요. 우리 예은이도 할아버지가 계

16

셔서 든든할 거고요.”

엄마는 자꾸 나를 주인집 할아버지와 함께 묶어 놓으려 해요. 내가 얼마나 주인집 할아버지를 싫어하는지 뻔히 알면서요.

“에이그, 그나마 영감이 경비로 취직이 되어서 은행 이자라도 갚게 되었어. 다 예은 엄마 덕분이야.”

이번에는 주인집 할머니가 엄마의 손을 꼭 잡았어요. 주인집 할머니의 눈에 눈물이 고였어요.

“예은아, 할아버지 잘 부탁한다.”

주인집 할머니가 이번에는 내 손을 꼭 잡았어요. 주인집 할머니의 눈물 한 방울이 내 손목에 똑 떨어졌어요.

“애한테 별말씀을 다 하세요. 걱정 마시라니까요.”

나한테 도대체 뭘 부탁한다고 하는 것일까요?

“우리 영감 성격이 고약해서 경비 일을 하기가 쉽지 않을 텐데. 휘휴!”

주인집 할머니가 땅이 꺼지도록 한숨을 쉬며 집 안으로 들어갔어요.

“예은아, 잘 들어. 아까 말했지? 이사 가면 우리 아파트에서 할아버지가 경비 일을 하실 거야. 엄마가 할아버지를 돌아가신 외할아버지처럼 생각하는 거 알지? 너도 그렇게 생각하면 좋겠어."

내가 모를 줄 알아요? 걸핏하면 소리를 지르는 주인집 할아버지 때문에 엄마가 속상해 했던 것을요. 그런데 주인집 할아버지를 외할아버지처럼 생각하라니요. 그것은 말도 안 돼요. 돌아가신 외할아버지도 기분 나빠 할 거예요. 엄마는 외할아버지의 딸이잖아요.

"엄마, 아파트 경비는 무슨 일을 하는데?"

"무슨 일을 하긴. 아파트 주변도 정리하고, 수상한 사람도 드나들지 못하게 하고, 택배도 대신 받아 주고. 아무튼 아파트 주민들을 위해서 소소한 일들을 엄청 많이 하시지. 그러니까 할머니 말씀대로 할아버지께 잘해 드려야 해."

"그러니까 아파트를 관리하는 일이네? 할아버지가 우리 집 지키는 일을 한단 말이지?"

그럼 이제 우리가 주인집이 된 거잖아요! 할아버지는 우리가 주인인 아파트 일을 봐주는 사람이고요. 사실 엄마한테 이 말

을 하고 싶었지만 꾹 참았어요. 며칠만 지나면 주인집 할아버지는 그냥 경비 할아버지인 거예요!

주인집 할아버지가 갑자기 친절해진 이유를 이제 알겠어요. 나한테 잘 봐달라는 거지요? 자기처럼 굴지 말고 잘해 달라는 거잖아요. 흥! 어림없어요. 2년 동안 주인집 할아버지한테 당한 게 얼마인데요. 얼마나 억울하고 화가 났는데요. 어떻게 단 며칠 만에 잊어버릴 수가 있겠어요? 적어도 2년 동안은 복수할 거예요. 꼭 그대로 갚아 줄 거예요.

그 생각을 하자 가슴이 두근거렸어요. 나는 입술을 꼭 깨물고 몸을 꼿꼿하게 세웠어요. 주인집 담 너머 저 멀리, 높은 아파트가 보였어요. 눈이 부시도록 근사했어요. 바로 우리가 이사 갈 새 아파트예요.

내가 대신 복수해 줄게

"엄마, 경비 할아버지 안 나와요?"

아파트에서 경비를 한다던 주인집 할아버지를 한 번도 본 적이 없어요. 이사 온 지 일주일이 지났는데도요.

나는 아침밥을 먹고 학교 갈 준비를 하면서 물었어요.

"……."

엄마가 걸레질을 멈추고 멀뚱히 나를 쳐다봤어요. 내 질문의 뜻을 알아차리지 못한 것 같았어요. 엄마는 틈만 나면 쓸고 닦고, 쓸고 닦고 해요. 새 아파트인데 무슨 청소를 그렇게 열심히 하는지 모르겠어요.

22

"최예은, 너 경비 할아버지가 뭐야? 그냥 할아버지라고 불러야지."

아빠가 야단을 쳤어요. 그제야 엄마가 눈을 동그랗게 뜨고 일어섰어요.

"최예은, 엄마가 몇 번이나 말해 줬니? 할아버지가 말씀하시는 건 다 너 잘되라고 그런 거라니까. 예의범절을 가르쳐 주시는 거야. 혼내는 게 아니라고 했잖아. 할아버지가 말투는 그래도 속은 한없이 따뜻한 분이셔."

엄마 잔소리가 시작되었어요.

"어르신, 저녁 식사라도 한번 대접해야 되는 거 아냐?"

아빠가 분위기를 바꾸지 않았다면 잔소리가 계속 이어졌을 거예요.

"그렇잖아도 오늘 주간 근무라 저녁에 오시라고 했어요. 당신도 일찍 오세요."

'쳇! 두고 보라지.'

나는 입을 삐죽거렸어요. 드디어 주인집 할아버지에게 복수를 할 날이 온 거예요.

"최예은, 학교 안 가?"

엄마가 말했어요. 잠시 딴 생각을 하던 나는 깜짝 놀랐어요.

"학교 다녀오겠습니다!"

나는 씩씩하게 대답을 하며 책가방을 멨어요. 그런데 씩씩하게 대답하면 뭐해요? 거실을 지나가는데 나도 모르게 발꿈치가 달싹 들렸어요. 마치 발레를 하는 것처럼 말이에요. 현관문을 여는 것은 또 어떤가요? 새것이라 부드럽게 열리고 또 자동으로 부드럽게 닫히는데, 나는 현관문이 부서질까 봐 조심조심

열고 또 닫고 있었지요. 우리 집에 살면 막 뛰고 그래도 되는 줄 알았는데, 달라진 게 없어요. 이게 다 주인집 할아버지 때문이에요. 주인집 할아버지의 호통에 나도 모르게 길들여진 것이라고요!

"우리 예은이 참 잘한다. 그래, 아파트는 여러 사람이 같이 사는 곳이라 특히 조심해야 돼. 뛰지 말고 그렇게 살살 걸어야 해. 문도 쾅쾅 닫지 말고."

아무것도 모르는 엄마가 칭찬을 했어요.

"거 봐라, 이게 다 할아버지께 배운 거지. 하하하."

아빠가 큰 소리로 웃었어요. 칭찬을 받으면 기분이 좋아야 하잖아요. 그런데 왜 내가 바보 같다는 생각이 들까요?

"쳇! 당장 복수할 거야."

승강기를 타고 내려오면서 나는 주먹을 꼭 쥐었어요.

"책가방이 그게 뭐냐? 똑바로 메야지!"

승강기에서 내리자 놀랍게도 주인집 할아버지가 떡 버티고 있었어요. 나를 본 것이 5초도 안 되는데 벌써 호통이었어요.

"너는 할아버지를 보고 인사도 안 하냐?"

주인집 할아버지가 버럭 소리를 치며 말했어요.

"제, 제가 왜 먼저 인사를 해요!"

처음에는 모기 소리만 하게 말하다가 나도 모르게 버럭 큰 소리를 내고 말았어요. 왠지 그러고 나니까 용기가 생기는 것 같았어요. 맞아요. 왜 내가 먼저 인사를 해야 해요? 이모네 집에 가 보면 아파트 경비 할아버지들이 얼마나 친절한데요. 손님으로 가도 보는 대로 먼저 인사하고요.

"경비 할아버지가 먼저 인사해야지, 왜 제가 먼저 해요?"

"아니, 할아버지한테 말버릇이 그게 뭐냐? 응? 어른을 봤으면 먼저 인사하는 게 도리지. 그게 어디서 배운 말버릇이야?"

할아버지는 여전히 버럭 소리를 치며 말했어요.

경비원 유니폼을 입고 있으니까 주인집 할아버지는 더 무섭게 느껴졌어요.

"으앙!"

나는 울음을 터뜨리며 우리 동 현관을 나왔어요.

"이, 이런 고약한 일이 있나. 내가 뭐랬다고 울어?"

주인집 할아버지가 소리를 지르며 쫓아왔어요. 출근을 하던 아저씨 아줌마 들이 힐끔거리며 쳐다봤어요.

"아저씨, 왜 아침부터 아이를 괴롭히고 그러세요?"

어떤 아줌마가 지나가다 말고 내 편을 들어 줬어요. 그 바람에 쫓아오던 주인집 할아버지가 멈췄어요.

"엄마, 같이 가자니깐? 나 혼자 두고 가면 어떻게 해? 나 학교 안 간다!"

그때였어요. 우리 반 정범이가 헐레벌떡 뛰어왔어요. 그러더니 아줌마에게 바락바락 소리를 지르는 거예요. 꼭 화난 고릴라 같았어요. 아줌마가 바로 정범이 엄마였어요.

"어? 최예은."

정범이가 나를 보고 얼굴 표정을 싹 바꿨어요. 언제 소리를 질렀나 싶게요.

"네가 우리 정범이 친구야?"

정범이 엄마가 물었어요. 나는 고개를 끄덕였어요.

솔직히 말하면 아직 친구는 아니에요. 정범이는 우리 반에서 제일 억지를 잘 부리고, 먹는 것만 밝히고, 공부도 제일 못한다고요. 가장 친하게 지내고 싶지 않은 아이였어요.

"응, 우리 반에서 나랑 가장 친해. 그렇지?"

정범이가 이렇게 말하며 내 어깨 위에 손을 척 얹었어요. 아, 이럴 때는 어떻게 해야 되지요?

어찌나 짜증이 나는지 눈물이 다 찔끔 나왔어요. 정범이 엄마가 그런 나를 뚫어지게 쳐다봤어요.

"아니, 애가 뭘 잘못했기에 아침부터 이렇게 울려요?"

정범이 엄마가 또 주인집 할아버지에게 소리를 쳤어요.

"왜? 경비 할아버지가 때렸어?"

정범이까지 나섰어요.

"때, 때리긴요! 나, 나, 나는 바바, 반가워서 학교에 잘 다다, 다녀오라고 인사를 하려고 했지요!"

주인집 할아버지도 소리를 버럭버럭 질렀어요. 하지만 말을 계속 더듬었어요. 때렸다고 생각할까 봐 걱정되긴 하나 봐요. 그럴수록 정범이 엄마의 어깨가 더 높이 올라갔어요.

"우리 아파트 경비들은 도대체 왜 다 이 모양이야? 지금은 바빠서 참겠는데요, 두고 보세요. 이 문제 절대 그냥 안 넘어 가요. 늦었다, 어서 가자."

나는 정범이 엄마를 따라 아파트 정문 밖으로 나왔어요.

"엄마는 바쁘니까 얼른 학교 가. 예은아, 우리 정범이 잘 데리

고 가라."

정범이 엄마가 정범이를 나에게 맡겨 버렸어요. 그러고는 택

시를 타고 가 버렸어요.

"예은아!"

그때였어요. 아파트 정문에서 주인집 할아버지가 내 이름을 불렀어요. 아주 큰 소리로요.

"최예은, 아까 그 경비 할아버지가 네 이름을 부르는데? 아는 할아버지야?"

정범이가 물었어요.

"알긴 뭘 알아. 진짜 이상하고 무서운 경비 할아버지야."

나는 화가 나서 이렇게 말했어요. 그리고 끝끝내 뒤를 돌아다 보지 않았어요.

"그래? 알았어. 저 경비 할아버지 얼굴 내가 똑똑히 기억해 뒀어. 내가 너 대신 저 경비 할아버지한테 복수해 줄게."

정범이가 큰소리를 땅땅 쳤어요. 그런 정범이가 살짝 좋아졌어요.

뻥쟁이 정범이 때문에

　　아파트에 소문이 돌았어요. 아파트 사람들
은 아직 누가 누군지 서로 잘 몰라요. 새 아파트라 시간이 좀
걸릴 거예요. 대신에 소문은 참 빨랐어요.

　'경비 할아버지가 아이를 때렸다. 그리고 그만두었다.'

　이런 소문이 났어요.

　"혹시 주인집 할아버지는 아니겠지? 우리 집에 오시기로 한
날에 그런 일이 있었다는데……."

　엄마가 걱정을 했어요.

　"왜 안 왔겠어요? 잘못한 것이 있으니까 공연히 핑계를 대고

안 왔겠지요."

나는 할아버지 때문에 울었던 게 생각나 입술을 삐죽거리면서 말했어요. 그런데 주인집 할아버지처럼 괴팍한 경비 할아버지가 또 있나 봐요.

"그럼 그 소문이 진짜야? 아이를 때린 경비 할아버지가 주인집 할아버지라는 거야? 네가 봤어?"

엄마의 얼굴이 하얗게 변했어요.

내가 말한 '잘못한 것'은 그게 아니었어요. 그날 나를 울린 일과 우리가 세를 살 때 나에게 못되게 군 것들, 모두를 말한 것이었어요.

"정말 그러실 분은 아닌데……."

엄마가 한숨을 쉬었어요. 주인집 할머니가 걱정을 하던 일이 벌어진 거예요. 그런데 정말 주인집 할아버지가 경비 일을 그만둔 걸까요? 그렇다면 실망이에요. 아직 복수를 못 했다고요.

"딩동딩동!"

초인종이 울렸어요. 버튼을 누르자 인터폰 화면에 우락부락하게 생긴 아저씨가 보였어요. 처음 보는 얼굴이었어요.

"누군데?"

내가 망설이자 엄마가 물었어요. 나는 엄마가 화면을 볼 수 있게 옆으로 비켜났어요.

"아파트 관리소장님인데 아무래도 소문이 진짜인가 봐."

엄마가 겁을 냈어요.

"소, 소장님이시네요?"

엄마가 말을 더듬거렸어요.

"네, 사모님. 확인할 것이 있어서요."

소장 아저씨의 목소리가 딱딱하게 굳어 있었어요. 엄마가 당황해 하며 현관문을 열었어요. 이어서 소장 아저씨가 거실로 들어왔어요.

엄마가 겁을 내니까 나도 겁이 났어요. 나는 엄마의 옆구리에 찰싹 달라붙었어요.

"아, 앉으세요. 그래도 아이를 때리거나 그럴 분이 절대 아니에요. 그날 저희 집에서 식사를 하기로 했는데 갑자기 아드님이 교통사고가 났대요. 그래서 며칠 못 나오시는 걸 거예요."

"……."

엄마가 쩔쩔맸어요.

"뭔가 오해가 있었을 거예요."

엄마가 불안한지 손까지 비비며 다시 말했어요.

"사모님, 반씨 아저씨를 아세요?"

소장 아저씨가 엄마에게 물었어요.

소장 아저씨가 반씨 아저씨라고 하는 사람이 바로 주인집 할아버지예요. 주인집 할아버지는 성이 반이고 이름이 상호였어요. 주인집 대문에 그렇게 쓰여 있었어요. 그래서 잔소리를 들을 때마다 속으로 놀렸다고요. "반상회, 반상회." 하면서요.

소장 아저씨는 아직 주인집 할아버지와 우리의 관계를 잘 모르나 봐요.

"아, 아뇨. 그, 그게 아니라요."

엄마가 말을 돌리며 시치미를 뚝 뗐어요. 그리고 살그머니 한숨을 쉬었어요.

"아저씨가 하나만 물을게. 솔직하게 대답해 줄 수 있지?"

갑자기 소장 아저씨가 내게 말했어요.

"엊그저께 말이다. 그러니까 16일 목요일, 아침 8시 30분경

에 반씨 아저씨, 아니 경비 할아버지가 너를 때린 적 있니?"

소장 아저씨가 엄마의 눈치를 보며 조심스럽게 물었어요.

그렇다면 그 소문의 주인공 아이가? 바로 나였던 거예요. 나는 너무 놀라 뒤로 넘어질 뻔했어요.

"우리 예은이가 맞았다고요?"

엄마도 깜짝 놀랐어요.

"네, 그날 근무를 하시던 분이 반씨인데, 얘기를 들어 보니 그 반씨 아저씨가 때렸다는 아이가 바로 이 댁 따님이더라고요."

세상에! 이래서 소문이 무섭다고 하나 봐요.

"최예은, 어떻게 된 거야. 그런 일이 있었는데 그동안 왜 아무 말도 안 했어?"

엄마가 놀라서 나를 마구 흔들었어요.

"이잉. 아, 아니에요. 안 맞았어요. 안 때렸어요."

왜 바보같이 울음이 먼저 나오는지요.

"울지 말고 차근차근 말해 봐. 때렸으니까 때렸다는 소문이 났을 것 아냐. 네가 무슨 잘못을 해서 할아버지에게 맞아?"

내가 울음을 터뜨리자 엄마 얼굴이 사과처럼 벌개졌어요. 엄

마의 그런 모습은 난생처음 보았어요.

엄마 모습에 소장 아저씨는 어쩔 줄 몰라 했어요.

얼결에 나는 경비 할아버지에게 맞은 소문의 주인공이 되어 버린 거예요.

으아앙~~.

나는 울음을 멈출 수가 없었어요. 울다 보니 진짜 내가 맞은 것 같은 생각도 들었어요.

"지금은 안 되겠어요. 제가 좀 진정을 시킨 다음 차근차근 물어보고 알려 드릴게요. 소장님은 가세요."

엄마가 굳은 얼굴로 말했어요.

"죄송합니다! 사모님."

소장 아저씨가 머리를 긁적이며 돌아갔어요.

'지금은 바빠서 참겠는데요, 두고 보세요. 이 문제 절대 그냥 안 넘어 가요.'

아, 왜 이제야 그날 정범이 엄마가 주인집 할아버지에게 한 말이 생각날까요? 소문을 낸 사람은 바로 정범이 엄마일 거예요. 틀림없어요.

'그래? 알았어. 저 경비 할아버지 얼굴 내가 똑똑히 기억해 뒀어. 내가 너 대신 저 경비 할아버지한테 복수해 줄게.'

정범이가 주인집 할아버지를 보며 한 말도 생각났어요.

'복수 좋아하네. 이런 뻥쟁이.'

정범이와 좀 친해 볼까 했던 생각이 순식간에 사라졌어요. 나 때문에 주인집 할아버지가 경비 일을 그만두는 건 내가 생각한 복수가 아니에요. 정범이 엄마 때문에 괜히 엉뚱한 소문만 났어요.

"예은아, 이건 엄청 큰일이야. 사실 엄마는 믿기 힘들어. 예은이가 엄마한테 사실대로 말해 줄래?"

엄마가 냉장고에서 차가운 물을 가져다주며 말했어요. 엄마 가슴은 거칠게 몰아쉬는 숨 때문에 불룩거렸어요. 찬물을 마시고 안정을 해야 될 사람은 바로 엄마였어요.

"아무 잘못도 안 했는데 보자마자 막 큰 소리로 호통치고 그랬어요. 할아버지 미워요. 이 아파트는 우리가 주인이잖아. 우리는 이제 할아버지 집에 세 들어 사는 게 아니잖아!"

나는 엄마에게 그동안 속상했던 속마음을 털어놨어요. 엄마는 잠자코 내 말을 들어 주었어요. 엄마 표정은 내내 안 좋았어요. 분명 엄마도 주인집 할아버지가 미워져서 그런 걸 거예요. 시원하게 복수를 못 해 아쉽지만, 이만하면 됐어요. 엄마도 내 편이 됐으니까요.

내가 먼저 사과할게요

며칠 후, 엄마가 나를 불러 놓고 말했어요.

"할아버지가 반가워서 그런 것을 가지고 왜 호들갑을 떨고 그러니? 혹시나 싶어 여쭤 봤다가 얼마나 창피했는지 알아? 네가 혼나는 줄 알고 무서워서 운 것 같다고 할아버지께 잘 말씀 드렸어. 할아버지도 울려서 미안하다고, 잘못했다고 그러시더라. 엄마가 잘 말씀 드렸으니까 이제 안 그러실 거야. 말투가 좀 무섭긴 해도 할아버지 속마음은 그렇지 않다고 했잖니. 너를 정말 예뻐하신단 말이야."

치, 몰라요. 나는 그렇게 입만 열면 버럭 소리치는 괴팍한 사람은 무섭기만 하다고요. 게다가 엄마가 이제 내 편이 되어 줄 거라고 생각했는데, 잔뜩 야단만 맞았어요.

주인집 할아버지는 일을 그만둔 게 아니었어요. 주인집 할아버지 아들이 크게 다쳤대요. 그래서 며칠 동안 경비 일을 못 나온 것이고요.

그런데 경비 할아버지들 사이에서도 내 소문이 났으면 어쩌죠? 거짓말만 하는 아주 나쁜 아이로 말이에요.

나는 경비 할아버지들과 마주칠까 봐 슬슬 피해 다녔어요.

"최예은, 그 경비 할아버지에게 내가 복수할 거다!"

정범이가 말했어요. 나는 못 들은 척했어요.

"이상하고 무서운 경비 할아버지라면서?"

내가 반응을 안 보이자 정범이는 무척 실망한 눈치였어요.

"칫! 너 때문에 우리 엄마가 얼마나 곤란했는지 알아? 그 많은 사람들 중에 네 편을 들어 준 것은 우리 엄마뿐이잖아. 나도 편들어 줬고. 이건 배신이야, 배신!"

정범이는 특기인 억지 부리기를 시작했어요. 헛소문을 낸 사람이 정범이 엄마라는 것이 밝혀졌나 봐요. 다행이에요.

"이따 경비실로 한번 와 봐. 내가 어떻게 골탕을 먹이는지. 오늘 학교 오다 보니까 그 경비 할아버지가 근무던데."

정범이는 끈질기기까지 해요. 하루 종일 나를 쫓아다니며 귀찮게 했어요.

"아, 몰라 몰라. 네 맘대로 해."

나도 참고 참다 버럭 화를 냈어요.

"알았어. 내 맘대로 할게. 분명히 네가 내 맘대로 하라고 했어? 딴소리 하지 마!"

정범이가 '네가'라는 말에 힘을 주었어요. 나는 슬슬 걱정이 되었어요. 주인집 할아버지를 골탕 먹이고 안 먹이고는 정범이 마음이에요. 내 대신 복수를 해 주면 나야 고맙지요. 그런데 복수를 하더라도 내가 끼어 있다는 건 전혀 표시가 나지 않게 해야 해요. 정범이는 아직 몰라요. 주인집 할아버지가 얼마나 눈치가 빠른데요. 쉽게 당할 리가 없어요. 만약 주인집 할아버지가 정범이가 골탕 먹이려는 걸 눈치채고 다그친다면…….

'예은이가 시켰어요.'

정범이는 이렇게 말할 것이 틀림없다고요. 그러면 나는 계속 경비 할아버지들을 피해 다녀야 하잖아요. 정말로 나쁜 아이가 될 테니까요. 이제 나는 우리 아파트의 주인인데, 주인집 할아버지 집에서 세 들어 살 때처럼 기가 죽어서 다녀야 하다니요!

수업이 끝나자마자 나는 살금살금 정범이의 뒤를 따라갔어요. 가슴이 두근두근, 숨이 찼어요. 드디어 아파트 정문이 보였어요. 정범이가 고양이처럼 몸을 웅크리더니 왼쪽 운동화를 벗어 가방에 넣었어요. 그러더니 정문을 쏘아보았어요.

다다다다.

정범이가 아파트 정문을 향해 코뿔소처럼 달렸어요. 정문 앞에서 어떤 경비 할아버지가 비질을 하고 있었어요. 주인집 할아버지였어요. 뒷모습만 봐도 틀림없었어요. 정범이가 그대로 달려가 할아버지와 부딪쳤어요. 누가 봐도 일부러 달려든 것이라고요. 주인집 할아버지는 넘어져 있는 정범이를 일으켜 세우려고 다가갔어요.

"우아앙! 우아앙!"

정범이가 발버둥을 치며 울음을 터뜨렸어요. 사람들이 하나

둘 몰려들었어요. 덕분에 나도 사람들 뒤에 몸을 숨기며 살금 살금 다가갈 수 있었지요.

"이 할아버지가 내 발을 걸었어요. 넘어지면서 운동화도 저기 에 빠졌고요!"

정범이가 가리킨 곳은 빗물이 들어가도록 만든 맨홀이에요. 바로 정문 앞에 있지요. 주인집 할아버지는 물웅덩이에 고인 물을 그곳으로 쓸고 있었나 봐요. 뚜껑을 조금 열어 놓고요.

"아유, 우리 아파트 경비들은 왜 이러는지 몰라."

어떤 아줌마가 말했어요.

"얼마 전에는 아이를 때렸다고 하던데……. 아이를 때리는 사 람이 있지를 않나, 저 할아버지는 말투가 하도 딱딱해서 말도 못 걸겠고. 경비하는 분들이 이렇게 괴팍해서야 어떻게 살겠 어요?"

다른 아줌마는 주인집 할아버지를 노려보며 말했어요. 그러 자 할아버지가 버럭 호통을 쳤어요.

"아니, 내가 무슨 발을 걸었다고 그러십니까?"

"그럼 애가 없는 말을 지어냈겠어요?"

"어머, 또 호통부터 치시네. 정말 너무하시는 거 아니에요?"

사람들이 한마디씩 거들자 할아버지는 쉽게 말을 잇지 못했어요.

"아니, 그런 것이 아니라, 애가 달려가다 부딪쳐서 일으켜 주려고……."

"아, 됐고요. 저것 보세요. 애 운동화가 정말 없잖아요. 어쩌실 거예요?"

"……."

"내 운동화 물어내! 물어내란 말이야!"

한술 더 떠서 정범이가 고래고래 소리를 질렀어요. 주인집 할아버지는 아무 말 없이 맨홀 뚜껑을 낑낑 치웠어요. 그러고는 납작 엎드려 팔을 맨홀 속으로 들이밀었어요.

갑자기 주인집 할아버지가 아주아주 작아 보였어요. 그리고 코끝이 갑자기 찡해졌고요. 바보같이 두 눈에 눈물도 핑 돌았어요.

"거기에 빠진 것을 더러워서 어떻게 신어요!"

정범이가 소리쳤어요. 그래도 주인집 할아버지는 맨홀에서 팔을 빼지 않았어요. 맨홀에서 고약한 냄새가 풍겼어요.

나는 사람들이 안 보는 틈에 정범이 가방에서 운동화를 슬쩍

꺼냈어요. 그러고는 이렇게 소리쳤어요.

"운동화 여기 있어요!"

나도 내가 왜 그랬는지 몰라요. 정범이의 얼굴이 하얗게 변했어요. 거짓말이 들통날까 봐 겁이 났나 봐요.

"정범이가 막 뛰어갔어요. 그 바람에 운동화가 벗겨졌고, 바로 할아버지와 부딪쳤어요. 정범이는 운동화가 벗겨진지도 몰랐을 거예요."

내가 자세히 설명하자 사람들이 모두 나를 쳐다봤어요.

"야, 최예은!"

정범이가 소리를 치며 나를 쳐다봤어요. 그러더니 눈을 끔쩍거리는 거예요.

그제야 주인집 할아버지가 맨홀 속에서 팔을 뺐어요. 주인집 할아버지와 내 눈이 마주쳤어요.

"우리 예은이 학교 갔다 오니?"

주인집 할아버지가 슬며시 웃으며 인사를 했어요. 전보다 부드러운 말투였어요. 할아버지 집에 살 때는 한 번도 들어 본 적이 없는 말투였지요.

'엄마가 잘 말씀 드렸으니까 이제 안 그러실 거야.'

엄마가 했던 말이 떠올랐어요.

"애가 놀라서 오해했나 보네요. 손자 같은 애한테 설마 그러셨겠어요? 아이가 다치지 않았으면 됐지요. 누가 운동화를 찾아 주겠다고 냄새나는 맨홀을 뒤지겠어요? 안 그래요?"

제일 많이 성을 내던 아줌마가 호들갑을 떨었어요. 잘 알아보지도 않고 따진 게 미안한가 봐요.

"다치지 않았니?"

주인집 할아버지가 무릎을 굽힌 채 정범이의 바지를 걷으려 했어요. 상처가 났나 안 났나 확인을 하려는 것이지요. 상처는 무슨 상처요. 주인집 할아버지와 부딪치면서 안 다치게 몸을 틀어 옆으로 살살 넘어지는 것을 똑똑히 봤다고요.

"할아버지, 괜찮아요. 신경 쓰지 마세요."

나는 주인집 할아버지와 정범이 사이에 끼어들었어요. 그러고는 정범이의 어깨를 불끈 들어 올렸어요.

"잘못했습니다. 너도 얼른 잘못했다고 사과 드려. 운동화 똑바로 신고."

내가 먼저 고개를 숙여 주인집 할아버지께 사과했어요.

"잘못했습니다."

정범이도 작은 소리로 말했어요. 자기가 지은 죄를 아는지 아무 소리 없이 내 말에 따랐어요.

왜 내가 먼저 사과했는지 나도 잘 모르겠어요. 그냥 할아버지께 미안했어요. 내가 바란 대로 주인집 할아버지는 아주 곤란해졌어요. 그렇게 따지면 정범이가 정말로 내 대신 복수해 준 것이 맞아요. 그런데 하나도 속이 시원하지 않았어요. 만날 나한테 잔소리만 하고 버럭대는 할아버지가 꼼짝 못 하고 쩔쩔매는 모습을 보면 기분이 좋을 거라고 생각했는데, 오히려 눈물이 났으니까요.

"똑똑하기도 해라. 예의도 참 바르네. 저런 딸을 둔 엄마는 얼마나 좋을까?"

"그러게요. 너 아주 똑 부러진 여자친구를 뒀구나?"

할아버지한테 따지던 다른 아줌마들도 한마디씩 했어요. 몰려 있던 사람들이 나와 정범이를 번갈아 쳐다보며 고개를 끄덕였어요. 할아버지도 미소를 띠며 우리를 바라보았어요. 나는 왠지 부끄러웠어요. 미안해서 사과했을 뿐인데 칭찬 받다니요. 그래도 여기까지는 괜찮았어요.

"그럼요. 우리 예은이처럼 이해심 많고, 마음이 바른 아이는 아마 없을 거예요."

하지만 할아버지가 이렇게 칭찬을 보태자 얼굴이 화끈 달아올랐어요. 나는 너무 부끄러워 도망치고 싶었어요.

존중, 어렵지 않아요!

존중이란 무엇일까요?

존중이란 '다른 사람을 높이 여기고 귀중하게 생각하는 마음'이에요. 예를 들면, 여러분이 어른께 공손히 인사하는 것, 그리고 그 어른도 상냥하게 인사를 받아 주는 것이 바로 서로를 존중하는 행동이지요.

그렇다면, 이런 행동들은 어떨까요? 아무데서나 소리 지르기, 새치기하기, 친구 물건 망가뜨리기, 엄마한테 대들기……. 당연히 해서는 안 되는 행동이지요? 그렇게 하면 상대방이 기분 나쁜 건 물론이고, 몸이나 마음의 피해도 입을 테니까요. 이런 건 '존중하지 않는' 행동입니다. 여러분에게 누군가 이렇게 함부로 행동하기를 바라지는 않겠지요?

그러니까 다른 사람을 존중한다는 것은 다른 사람이 나에게 하지 말았으면 하는 행동 대신, 해 주었으면 하는 바른 행동을 하는 것이라 말할 수 있어요. 이야기 속 예은이가 주인집 할아버지에게 복수하겠다고 마음먹은 것도 할아버지가 자기에게 함부로 행동하는 게 싫었기 때문입니다. 그래서 예은이는 주인집 할아버지가 그랬던 것처럼 할아버지에게 함부로 행동합니다. 이제 자기가 집주인이 됐다며 아파트 경비로 일하게 된 할아버지를 업신여기지요. 그런데 예은이처럼 행동해도 되는 걸까요? 다른 이가 먼저 나를 함부로 대했으니 나도 똑같이 갚으려는 행동 말이에요. 상대방이 나를 존중하지 않았으면, 나 역시 그 사람을 존중하지 않아도 되는 것일까요?

존중이 꼭 필요한 이유

나에게 함부로 했다고 해서, 똑같이 상대방을 무시해도 되는 것은 아닙니다. 물론 주인집 할아버지가 예은이를 존중해 주었더라면 예은이도 그런 일을 벌이지는 않았겠지요. 화가 난 예은이의 마음은 충분히 이해가 가지만, 주인집 할아버지나 예은이처럼 저마다 이유를 대며 상대방을 함부로 대한다면 어떻게 될까요? 집주인이라고, 나를 먼저 무시했다고, 가난하다고, 키가 작다고, 뚱뚱하다고, 또는 공부를 못한다거나 나와 생각이 다르다는 등 갖가지 이유로 말이에요. 아마도 사람들 얼굴에서 웃음은 사라지고 여기저기서 싸움이 끊이지 않을 것입니다. 이를 뒤바꿔 생각해 보면, 존중이 사람과 사람 사이에 웃음과 친밀함을 가져다준다는 것을 알 수 있습니다. 우리 모두가 행복해지기 위해서는 존중이 반드시 필요한 것이지요.

입장 바꿔 생각해 봐요

존중을 위해서는 뒤바꿔서 생각해 볼 게 또 있습니다. '내가 너라면? 네가 나라면?' 하고 서로의 입장을 바꿔 생각해 보는 것입니다. 주인집 할아버지와 예은이의 상황이 바뀐 것처럼 '나도 언젠가 저 사람하고 비슷한 상황에 놓일 수도 있어.' 하고 상상해 보는 것도 좋습니다. 또 다른 예를 들어 볼까요?

요즘 뉴스에 자주 소개되는 나쁜 소식이 있습니다. 손님은 왕이라며 백화점이나 마트, 음식점 등의 직원들에게 괜한 트집을 잡아 괴롭히거나, 사장이 회사원을 마치 종처럼 막 대하기도 하고, 아파트 주민들이 청소나 경비 일을 하는 사람들을 자신들보다 낮은 사람처럼 부리기도 하는 등, 어떤 사람들이 일하는 사람들에게 마구 행패를 부려서 벌어지는 사회적 문제이지요. 내가 바로 이런 사건의 주인공이라고 한번 생각해 볼까요?

‘내가 만약 백화점 직원인데 손님한테 마구 혼나고 있다면, 내가 만약 마트 계산원인데 손님이 돈을 던진다면, 내가 만약 아파트 경비원인데 정범이 같은 아이가 반말을 쓴다면, 내가 만약 청소를 하는 아줌마인데 모두가 쓰레기를 함부로 버린다면…….’ 이렇게 상상해 보는 것만으로도 당하는 사람의 아픈 마음을 고스란히 느낄 수 있습니다.

　예은이도 결국, 할아버지가 어려운 상황에 처하자 슬그머니 할아버지 편을 들어 줍니다. 자기도 모르게 안타까운 마음이 들었기 때문입니다. 정범이가 곤란하지 않도록 마음을 써 주기도 합니다. 난처한 입장을 누구보다 잘 알고 있기 때문이지요. 이처럼 상대방의 입장이나 마음을 헤아려 그에 맞게 바르게 하는 행동, 그게 바로 존중입니다.

존중, 내가 먼저 해 볼까요?

1. 하루 온종일, 내가 누군가를 배려하고 존중한 행동은 몇 번이나 될까요? 오늘 나의 존중 점수를 매겨 보세요. 누군가를 존중한 행동 한 가지가 1점입니다.

2. 존중하는 마음을 표현하는 말에는 어떤 것들이 있을까요? 여러 상황에 따라 할 수 있는 말들을 찾아보세요.